Franz Eichelkraut

Der troubadour Folquet de Lunel

Franz Eichelkraut

Der troubadour Folquet de Lunel

ISBN/EAN: 9783744619813

Hergestellt in Europa, USA, Kanada, Australien, Japan

Cover: Foto ©Andreas Hilbeck / pixelio.de

Weitere Bücher finden Sie auf **www.hansebooks.com**

DER TROUBADOUR

FOLQUET DE LUNEL.

INAUGURAL-DISSERTATION

ZUR

ERLANGUNG DER PHILOSOPHISCHEN DOCTORWÜRDE

AN DER

UNIVERSITÄT GÖTTINGEN.

VON

FRANZ EICHELKRAUT
AUS TELTOW.

BERLIN.
DRUCK VON W. HECHT, SCHÖNEBERGER UFER 36c.
1872.

Herrn

Professor Peisker,

seinem hochverehrten Lehrer

in dankbarer Ehrfurcht

gewidmet.

Folquet de Lunel lebte zu einer Zeit, wo der ritterliche Hauch, der während der Kreuzzüge den Süden Europas durchströmte, verweht war; wo die begeisterte poetische Stimmung einem kalten prosaischen Leben hatte weichen müssen; ungeselliger Egoismus war in den früher so gastlichen Schlössern der Grossen an Stelle des heiteren, mit Gesang gewürzten Zusammenseins getreten; Thor und Thür waren dem fröhlichen Bringer der Lust verschlossen. Welche Gestalt eine einst so lebenskräftige Poesie unter derartigen Verhältnissen annehmen musste, ist klar; theils kettete sie sich mit ihren Gedanken an die verschwundene goldene Zeit; theils geisselte sie in ihrem Unmuth die Urheber dieses eigennützigen, traurigen Lebens; theils haschte sie nach Gelehrsamkeit; theils wandte sie sich an das ewig Unwandelbare, an die Gottheit. Zu den Vertretern dieser letzten Richtungen zählt auch Folquet de Lunel.

Eine provenzalische Biographie von ihm ist meines Wissens nicht vorhanden — wie solche ja im Allgemeinen für die letzten Dichter fehlen —, auch bieten seine Gedichte, grösstentheils chansos, nur eine geringe Ausbeute für sein Leben. Einiges nähere findet sich in der Schlusstirade seines romans de mondana vida.

Er wurde 1244, wahrscheinlich in Lunel [1]) selbst, geboren und scheint auch stets in seiner Vaterstadt geblieben zu sein, wie sich aus der zweiten tornada des vierten Gedichts und aus dem Umstand, dass er seinen ziemlich langen romans in Lunel begonnen und beendet, wohl schliessen lassen kann; [2]) wenigstens ist nirgends deutlich ausgesprochen, dass er sich einige Zeit an den Höfen der von ihm gepriesenen Fürsten aufgehalten habe. [3])

Ob er ein Geistlicher gewesen, lässt sich nicht mit Bestimmtheit behaupten; vielleicht könnte man aus dem Vorwurf, den ihm der Bischof von Magalona romans Vers 520 ff. desshalb macht, dass er nicht mehr von „vanetat" singe, das Gegentheil schliessen; denn ein Bischof möchte schwerlich einen ihm untergebenen Geistlichen zum Besingen der weltlichen Freuden und Leiden auffordern.

Ebenso wenig genaues wissen wir über sein Todesjahr. Man kann folgende Fakta in Erwägung ziehen, jedoch wohl nur aus dem ersten mit einiger Berechtigung einen Schluss ziehen.

Heinrich II., Graf von Rodes, den er in fast allen seinen Liedern erwähnt und preist, stirbt im Jahr 1302 (l'Art de vérif. les dates IX. 417); nirgends in seinen Gedichten findet sich ein Klagewort über den Tod seines „car senhor." Seine Vaterstadt und einige umliegende Dörfer fielen im Jahr 1296 an Nordfrankreich (hist. de Lang. IV. 85), und hätte er, bei

---

[1]) Stadt, nordöstlich von Montpellier.

[2]) Wenn Guingené (hist. littér. XX. 556) daraus, dass der Dichter seine Lieder an die Fürsten sendet, beweisen will, dass er seine Vaterstadt nicht verlassen habe, so ist dieser Schluss wohl ungerechtfertigt, denn diese echt provenzalische Sitte bestand ja zu allen Zeiten der Troubadours-Dichtung.

[3]) Selbst die Lobeserhebungen auf den Hof Alfons X. (II. Ged. 2. Strophe) können nich tzu dieser Annahme berechtigen; sie sind zu allgemeiner Natur, als dass sie nur aus eigner Anschauung hätte fliessen können.

der Abgeneigtheit des Südens gegen den Norden, dieses Umstands trauernd zu erwähnen wohl Gelegenheit gehabt. Der Bruder Alfons X., Heinrich von Castilien, zu jener Zeit durch sein abenteuerliches Leben viel bekannt und wegen seines edlen, leutseligen Benehmens von den provenzalischen Dichtern geliebt, dessen Gefangennehmung mehrere Troubadours bejammern, und dessen Freilassung auch Folquet sehnlichst wünscht, wird 1293 in Freiheit gesetzt (hist. litt. XX. 556); nirgends ein Wort der Freude bei unserm Dichter. Der grosse Poesiefreund, der freigebige Alfons X. von Castilien, den Folquet, selbst mit einer nicht berechtigten Herabsetzung eines Peter III. von Aragonien (II. Ged III. Strophe), zu verehren sich gedrungen fühlte, stirbt im Jahr 1284; nirgends bei ihm ein Wort der Trauer.

Was sollen wir aus diesen Thatsachen schliessen? Wie sollen wir uns das Fehlen einer Anspielung auf die erwähnten Ereignisse erklären? Sollte unser Dichter, nachdem er das mittlere Lebensalter überschritten, in seinen Gedichten wirklich nur noch den Namen Gottes und der Jungfrau Maria zugelassen haben (romans vers 523 ff)? Das scheint doch unnatürlich; andererseits hätte die Annahme, dass Alfons' Todesjahr (1284) auch das Folquets gewesen, obgleich keins seiner Gedichte dagegen Einspruch erheben könnte, wohl wenig Wahrscheinlichkeit für sich. Auch liesse sich das Fehlen eines trauernden Worts über den Tod Alfons theils dadurch rechtfertigen, dass er ihn, sonderbarer Weise, überhaupt nur in einem einzigen Gedicht erwähnt, theils dadurch, dass jener König am Ende seiner Regierung in der That nicht mehr in demselben Grade Liebling der Troubadours gewesen zu sein scheint, wie zur Zeit seines Regierungsantritts und später. So sind wir denn auf den weiten Zeitraum des Schlusses des dreizehnten Jahrhunderts angewiesen; denn den Tod

seines theuern Grafen von Rodes, den er in keinem
Gedicht zu nennen unterlassen konnte, wird er schwerlich überlebt haben. Unter den fürstlichen Häuptern, die Folquet in
seinen Liedern preist, nimmt, in Bezug auf den Grad
der Zuneigung des Dichters, Heinrich II., Graf von
Rodes, die erste Stelle ein. Obgleich Grafen aus seinem Geschlecht, mit einer ganz geringen Unterbrechung
(l'Art de vérif. IX. 412 ff), seit Beginn der provenzalischen Dichtung in Rodes herrschten, wird ihrer doch
von keinem früheren Troubadour Erwähnung gethan;
sei es, dass sie wirklich keine Freunde der Poesie
waren; sei es, dass ihre Gunstbezeigungen zu jener
Zeit neben denen von weit mächtigeren Grossen ganz
verschwanden. Heinrich II. und sein Vater Hugo IV.
(1227—1274) sind die beiden einzigen Grafen von
Rodes, die sowohl durch eignes [1]) Dichten als auch
durch freigebige Unterstützung der Dichter in der provenzalischen Poesie bekannt geworden sind.

Heinrich II. scheint mannigfaches Interesse an der
Verjüngung der damals ersterbenden Dichtkunst genommen und die Dichter zu genauerer Kenntniss der
Meisterlieder angespornt zu haben; so wissen wir, dass
er vier Dichter aufforderte, Guiraut von Calansons
allegorisches Lied auf die Liebe zu kommentiren und
besitzen Verse von ihm, in denen er Guiraut Riquier,
einem jener vier, ein Zeugniss für seine wohlgelungene
Arbeit ausstellt (Mahn W. d. Tr. IV. 232 ff). Ob unser
Dichter je an Heinrichs Hof verweilt habe, und ob
sein poetischer Tribut Folge von Geschenken und
Unterstützungen gewesen, lässt sich aus seinen Liedern
nicht ersehen.

---

[1]) Brinkmeier will — wohl mit Unrecht — unter dem gräf-
lichen Theilnehmer an den Tenzonen Uc's von St. Cyr.
einen früheren Grafen als Hugo IV. verstanden wissen (die
prrovenzal. Troubadours 176).

Ein anderer Fürst, dessen Lob Folquet ein ganzes Gedicht (II.) widmet, ist Alfons X., der Weise, von Castilien (1252—1284). Sind Hugo und Heinrich von Rodes hellleuchtenden Punkten zu vergleichen, die nur wenige, in der Nähe Wandelnde anziehen konnten, so ist Alfons X. die Sonne, an deren Strahlen sich alle Troubadours jener trüben und kalten Zeit erfreuten und erwärmten; in ihm hatten alle Dichter die Hoffnung gesetzt, dass er die vergangene schöne Zeit zurückbringen, dass er nach dem eingebrochenen Abend ein herrliches Morgenroth herbeiführen würde. Und wenn je Fürstengunst allein Blüthen und Früchte einer Poesie entfalten könnte, so hätten Alfons' Freigebigkeit und Gunstbezeigungen, die hinter keinen der edelsten Gönner der besten Troubadours-Zeit zurückstanden, diesen Erfolg haben können. [1]

Zur Bestimmung der Entstehungszeit seiner Lieder finden wir in denselben wenig Anleitung; vielleicht ist die Reihenfolge, die das Ms. giebt, und wie sie nachher im Text folgen, ganz chronologisch. Doch besprechen wir das zweite, als das einzige, das eine historische Grundlage hat, zuerst. Es muss, wie schon Diez bemerkt (Leben und Werke der Troub. 592), da es von einer bevorstehenden deutschen Kaiserwahl und dem Vakantsein des Kaiserstuhls spricht, in das traurige Jahr vor der Thronbesteigung Rudolphs von Habsburg fallen (April 1272—September 1273); denn zur Zeit der gemeinsamen Wahl Richards von Cornwallis und Alfons X. (1256) kann es Folquet, damals erst 12 Jahr alt, nicht geschrieben haben; erst nach dem Tode Richards (April 1272) wird er an die Wähler die Ermahnung erlassen haben, den kastilischen König zum definitiven Herrn Deutschlands zu machen. Mit dieser Zeitbestimmung verträgt sich zwar nicht, dass er Don Peire schon König von Aragon nennt, der, wenn er

---

[1] Die anderen in den Gedichten vorkommenden Namen finden unter dem Text ihre Erklärung.

auch öfter seinen Vater in der Abwesenheit vertrat,
erst 1276 den Thron bestieg; man müsste es denn dadurch rechtfertigen, dass Peter schon 1262 bei einer
Theilung des Reichs zum König von Aragon bestimmt
und ihm als Nachfolger geschworen wurde (Schmidt,
Gesch. Arag. 169). Dieses Gedicht, das Folquet also
in einem Alter von 29 Jahren schrieb, können wir
füglich für das früheste der uns von ihm bekannten
halten. Das erste Gedicht, da in seiner ersten tornada,
nach der Lesart des Ms. La Vall 14, ein König Jacob,
worunter Jacob I. von Aragonien (1213—1276) zu verstehen ist, genannt wird, könnte vor diesem entstanden
sein; doch thun wir vielleicht besser, es mit den anderen zusammenzufassen und als gegen das Ende der
Regierung Jacobs verfasst anzunehmen.

In allen übrigen Gedichten nämlich wird ein Graf
von Rodes erwähnt, der, obgleich nur einmal (III. Ged.
Vers 23) mit Namen bezeichnet, wohl stets Heinrich II.
ist; denn in drei Gedichten (III, V, VII), in deren
einem er namentlich angeführt wird, macht ihm der
Dichter denselben Vorwurf wegen seines „maldir de sa
gensor,“ in einem vierten (VI.), das schon seiner künstlichen Form wegen schwerlich vor 1272 zu setzen sein
möchte, lobt ihn der Dichter, weil er jetzt seine Dame
liebt, also sich in dem Sinne des Dichters gebessert
hat; so wären wir auch wohl berechtigt, in den beiden
übrigen, (I, IV), unter dem Grafen von Rodes Heinrich II,
zu verstehen; würden also diese sechs Gedichte nach
1275, dem Regierungsantritt Heinrichs, zu setzen sein.
Unklar ist mir die Anspielung auf die zu erwartende
Thronbesteigung des Grafen Heinrich (III. Ged. Vers
21 — 23); diese, ganz abgesehen von der kühnen
Schmeichelei, auf das deutsche Reich zu beziehen und
das Gedicht in demselben Jahr, wie das an den König
Alfons, verfasst anzunehmen, gestattet schon der Umstand nicht, dass Heinrich Graf von Rodes genannt wird,
was er erst von 1272 ab ist.

Der romans giebt Ort und Zeit seiner Entstehung
(1284) am Schlusse selbst an.

Bevor wir zum Text übergehen, noch eine Bemer-
kung zu den Liedern, wobei ich das zweite, als poli-
tisches Sirventes, hier bei Seite lasse. Liest man
einige Strophen seiner Gedichte, so machen sie vollständig den Eindruck von Minneliedern; das alte viel-
besungene Thema der Liebe, dasselbe überschwängliche
Loben und Preisen der Herzensdame in ähnlichen Ausdrücken und Wendungen, wie wir es in allen Liebesliedern der Troubadours zu lesen gewohnt sind; um so
weniger können wir uns des Erstaunens erwehren, wenn
wir in einigen tornadas (V. Ged. I. torn. und VII. Ged.
II. torn.) ausgesprochen finden, dass seine Liebe eine
noch weit imaginärere als die mancher anderer provenzalischen Dichter gewesen, dass seine Dame keine
andre als die Jungfrau Maria selbst ist.

Millot (II. 139 ff.) hatte also mit seiner Behauptung,
die man bisher mit Argwohn las, ganz Recht; dass er
nachher noch hinzufügt, Folquet sei der Jungfrau Maria
„avec tout l'enthousiasme de l'ignorance" (II. 140) erge-
ben gewesen, kann wohl nur in Millot's ignorance der
provenzalischen Sprache seine Rechtfertigung finden;
wenigstens aus seinen Gedichten konnte er, meiner
Ansicht nach, schwerlich ein solches Urtheil herauslesen.
Wenn auch selbstverständlich in ihnen, eben ihres
Gegenstandes wegen, weder der geistreiche Witz
eines Mönchs von Montaudon sprudelt, noch die durch
wahres Lieben hervorgebrachte herzinnige Sprache eines
Bernart von Ventadorn tönt, so sind sie doch mit den
einförmigen, in Bezug auf Kunstwerth ziemlich tief
stehenden religiösen Liedern nicht auf eine Stufe zu
stellen; die, freilich sonderbare, Anwendung des so zu
sagen weltlichen Styls zu diesem geistlichen Inhalt
schützte sie eben vor dem ermüdenden Einerlei der
religiösen Gedichte.

Hier tritt noch die Frage an uns: Sind diese
sieben Gedichte, von denen, streng genommen, nur
eins (II.) weltlichen Inhalts ist, die einzigen, die Folquet
geschrieben? Nach der dritten Strophe des sechsten
Gedichts´und noch mehr nach den Versen 520 ff. des
romans, wo er sagt, dass ihm der Bischof von Magalona den schmeichelnden Vorwurf mache, dass er nicht
mehr von „vanetat" singe, müssen wir wohl schliessen,
dass er früher auch andere Lieder als auf „sa gensor
vergues" gedichtet und nach dem Begriff jener Zeit gut
gedichtet habe. So viel mir bekannt, sind jedoch in
keiner Handschrift mehr als die hier mitgetheilten
enthalten.

Sämmtliche sieben Lieder finden sich in der bekannten Pariser Handschrift No. 7226 (jetzt 856); das
I., III. und IV. stehen auch noch in dem Ms. La Vall 14.

Gedruckt waren bisher, meines Wissens, nur drei:
das zweite bei Raynouard choix des poés. IV. 239,
das dritte im Parnasse Occitanien 155 und das vierte
nach der hs La Vall 14, bei Mahn Ged. d. T. II.
No. 1074.

Der romans steht nur in . dem Ms. La Vall 139;
13 Verse aus demselben hatte schon Raynouard (Choix
V. 169) mitgetheilt, einen längeren Auszug bietet Bartsch
Chrest. prov. 301 ff. Das Original habe ich sowohl
in Bezug auf ¡Wortlaut als auf Orthographie so treu
wie möglich wiedergegeben.

I.

Das Gedicht befindet sich in No. 856 (A.) fol. 323
und in La Vall 14 (L).

In No 856 steht über der ersten Strophe mit
rother Dinte geschrieben:

Aissi commensa Folquet de Lunelh.

Quan beutatz me fetz de premier
en la forsa d'amor intrar,
cugera, sim volgues forsar
mon cor, quem gites de pensier,
5   si mi dons, que nom aonda
nil plai quem esgar nim responda,
me laisses tan cum fai languir,
yeum cugera d'amor partir.

E pren m'en cum al marinier,
10   quant s'es empenhs en auta mar
per esperansa de trobar
lo temps que mais dezir'e quier,
e quant es en mar prionda,
mals temps e braus sa nau sobronda
15   tant quel perilh non pot gandir
ni pot remaner ni fugir.

Atressi per mon sen leugier
suy ieu intratz en aut amar,
per esperansa de joy car
20   aver del gay cors plazentier
de mi dons, qu'es bell'e blonda
e de totz mals ayps cast'e monda,
sal d'aitan, qu'om non pot yssir
de brau amar, que lieys remir.

1. can L. primier A. 3. cuiera L. 4. pessier A. 6. esgart L.
7. laises tant com fay L. 9. com L. 10 en lauta L. 13. el mar L.
14. mal A brau L. la nau A. 15. qual A. 17. mo sen L. 18. soi.
en lauta mar L. 20. gai L. 21. bel L. 22. aibs L muuda A.
23. com. issir L.

25 Per lieys, tan n'ai gran dezirier,
   suy remazutz el major far
   d'amor, e nom puesc governar
   mas ab govern de cossirier,
   qu'ai tan gran, qu'ieu crem cofonda;
30 tan dezir la plus jauzionda
   del mon, ques la gensers ques mir,
   segon qu'om pot ni sap chauzir.

   Vermelha cum flors de rozier
   a sa color ses gienh e var
35 son vis, ab que sap esgardar
   tan prim quel cor ans quel cors fier,
   don ñays amors dezironda,
   e non a voler, que s'esconda
   del colp selh, quel pren; quar ferir
40 sap tan gen, qu'om non vol guerir.

   Reys Jacmes, tan vos aonda
   fis pretz, queus fai ab valor monda
   a dieu e a segle grazir,
   tans plazers sabetz far e dir.

45 Coms de Rodes, qui quen gronda,
   cort tenetz bon'e jauzionda,
   e ma gensers tem tan fallir,
   qu'ab me no vol esdevenir.

II.

Dieses Gedicht steht nur in A; abgedruckt ist es
bei Raynouard, choix IV. 239 (R.)

   Al bon rey qu'es reys de pretz car,

---

27. amors L. 29. gran quieu crey quem cof. A. 31.ienser L
genser A. 32. e sap L. 33. flor L. A. 34. genh L. 36. que cor
ans que L. 38. volers L. 39. al colp A. sel L. 41. reys darago
A rey iacmes L. 42. munda A. 48. mi L.

reys de Castell' e de Leo,
reys d'aculhir e reys d'onrar,
reys de rendre bon guiardo,
reys de valor e reys de cortezia,
reys a cuy platz joys et solatz tot l'an;
qui vol saber de far bos faitz s'en an,
qu'en luec del mon tan be nols apenria.

Quar el ten cort, on fadiar
nos pot nulhs hom bos en son do,
e cort ses toire, ses forsar,
e cort, on escot'om razo,
cort ses erguelh e cort ses vilania
e cort, on a cent donadors, que fan
15   d'aitan riex dos mantas vetz ses deman,
cum de tals reys qu'ieu sai, qu'il lor queria.

Mais un rey nol sai contrapar
de largueza, s'agues tan bo
poder cum el a de donar,
20   so es lo francs reys d'Arago,
qu'a tan son cor en valor, quel faria
pauc tot lo mon acomplir lo talan,
qu'a en donar e dari'atretan
cum hom del mon, don Peire, s'o avia.

25   Mas d'aissom fan meravilhar
l'eligidor, qu'eligit so,
que puescon emperador far,
cum nol meto en tenezo
del emperi selh a cuy tanheria:
30   lo valen rey nAnfos. qu'a pretz prezan;

2. Castella e R. 11. tolr'e R. 20. lo franc rey A. R. 24.
Peter III., der, obgleich Kriege fast sein ganzes Leben ausfüllten,
doch ein Freund der Poesie und ein freigebiger Gönner der Sänger
war, auch selbst dichtete; ein Sirventes von ihm Rayn. Choix
V. 217.

qu'om del mon miels non tenc cort ab boban,
creyssen de pretz e d'onor tota via.

Qu'entrels Lombartz auzi contar,
quel Alaman el Bramanso
35   el Roman, ses tot contrastar,
volon a luy la lectio ·
del emperi, e Milan e Pavia
Cremon' et Ast e Ginoes an gran
cor, quel bon rey castellan recebran
40   a gran honor, si ven en Lombardia.

E quil papa pogues citar
a major de se fora bo,
quar del rey nAnfos no vol far,
e del rey Carle bon perdo;
45   e qu'om rendes nEnric, qu'ora seria,
el emperis non estes pus vacan,
e pueys ab totz los reys, que baptism'an,
anes venjar Jhezu Christ en Suria.

Reys castellas, vostra valors se tria
50   part la valors, que tug l'autre rey an,
e miels sabetz gardar home de dan
que venh' a vos qu'autre reys qu'el mun sia.

Mon sirventesc, Bernat, leu ses fadia
en Castella portatz a don Ferran,
55   e digatz li, ques tenh' ades denan
qui es ni don, e fara bona via.

---

38. Cremona et R. 45. Bruder Alf. X., der, erst ein Anhänger
Karls von Anjou und von diesem zum Senator von Rom ernannt,
nachher Conradin folgte und mit ihm in der Schlacht bei Tagli-
acozzo gefangen genommen und bis 1293 in Haft behalten wurde
(Milá y Fontanals 211 und hist, litt. XX. 554.) 46. emperi A. 49.
valor A. 52. rey A. 54. Ferdinand de la Cerda, der älteste Sohn
Alf. X., gest. 1275 (Milá y Font. 216 und Leo Gesch. des Mittel-
alters 749).

III.

Das Gedicht findet sich in A. und in L; gedruckt
ist es im Parn. occit. 155 (P).

Per amor e per solatz,
　e per fin joy mantener,
　e per far a lieys plazer,
　si puesc, de cuy soi denatz,
5　fas chansoneta leugeira,
　e quar suy de tal maneira,
que nuech ni jorn la fin' amors nom gic,
qu'ieu port a lieys, que d'amar m'afortic.

　E sitot s'es brugz levatz,
10　quem ditz, qu'ers non pot valer
　chanso qu'om fassa, ges per
　aquo fis enamoratz,
　pus es ben en la carreyra
　d'amor, non tanh que sofeyra
15 de far chanso, si sap; sitot l'antic,
　doctor feyron chans, qu'om mais lor grazic.

　Mas ja per otracujatz
　reprendedors retener
　no volrai mon car saber,
20　que no sia prezentatz,
　quan levaran en cadeyra,
　per fina valor enteira,
lo pro comte de Rodes, en Enric,
per cuy anc hom luy lauzan no mentic.

---

4. donatz A. L.　6. daital L.　7. nueg L.　8. leys L.　9. bruch
L. 10. com non L. qu'er P. 16. feron chant L. may L. 16. doctor-
Ehrenname, den schon Guiraut von Boraelh (Mahn Ged. I. No. 215)
den besten Troubadours beilegt, und den Alfons X. auf Guiraut Ri-
quier's Bitten für die Meistersänger festsetzt (Mahn Ged. IX. 188 ff)
(Diez Poesie der Troub. 74); auch Arnaut von Marueil wendet ihn
im gleichen Sinne an (Rayn Choix IV. 406) 23. pros L. na enric
L naenric A.　　　　　　　　　　　　　　　　2

25 Mas er es us temps, qu'assatz
    trob' om, qui ditz mal saber,
    e enueg e non dever
    a quascus de so quel platz;
    e qui chanso vertadeira,
30   fai de razon drechureira,
    non l'es grazit tan cum son crit mendic,
    don joys e chans e pretz prendon destric.

    E non deu esser blasmatz,
    qui lauza so don ditz ver,
35   ans lin deu hom grat saber,
    quan lauza so qu'es vertatz;
    mas qui lauzor ufaneira
    fai de razon messongeira,
    be lon deu hom blasmar e far enic,
40 non per mi dons lauzar, qu'anc no falhic.

    Si de la vilhassa neyra,
    qu'espaventalh de faveyra
    semblas layssa nostre coms, tug em ric,
    e de maldir de ma gensor se gic.

45   Na Biatritz a maneira
    de Lunelh tan plazenteira,
    que tug aquilh son siey coral amic,
    que la vezon, tan gen dieus l'acomplic.

---

25. cassatz L. 27. enuetz A. 30. dreitareira L. 32 prenon L.
33. Diese und die vorhergehende Strophe und die erste tornada
finden sich auch in hist. litt. XX. 557. 35. li A. hom bon grat L.
39. len A. lauzar A. L. 43. tutz L. 45. Welche Beatrix der
Dichter meint, ist, wie der Name hier vorkommt, wohl nicht zu
entscheiden; die schöne Gräfin von Provence, Gemahlin Karls von
Anjou, an die zu denken am nächsten liegt, stirbt schon 1269 (nach
der hist. de Prov. III. 46 schon 1267); auch eine Tochter Heinrich
II. von Rodes führte diesen Namen (Art. de vérif. 1. d. IX. 417).

IV

Dieses Gedicht steht in A., in L und bei Mahn No. 1074 (M).

No pot aver sen natural
selh que non a retenensa,
sobre sa ira de far mal,
quel savis fai per sufrensa
5   semblar de son gran tort gran dreg
el fols de son bon dreg naleg,
quan malamens outra mezura
vol trop demandar sa drechura.

Per nieus o die, qu'amor lial
10   port a mi dons ses fallensa,
sitot a lieys de mi non cal,
nim mostr'en ren bevolensa,
ges per tan yraisser nom deg,
e pus amors lim a eleg,
15   merces, en cuy mos cors s'atura,
es metra'n lieys per aventura.

Res no monta ni res no val,
pus hom a lay, on l'agensa,
meza sa fin' amor coral,
20   sitot fay long' atendensa,
ques n'irasca nis ne maleg,
ni quel ne trop hom desadreg,
que ben leu, sitot l'es escura,
si dons li port' amor segura.

---

1. non L. M. (M. folgt der Lesart von L). 2. sel L. 6. neleg
L. 7. otra L. 10. falhensa L. 11. nol cal A. 12. mostrem re A
15. mon L. mos M. 16. es metra en A. L. M. 17. valh. L. val.
M. 20. longuatend. L. 21. so A. L. M., ein Verbum malegar
oder ein ähnlich lautendes ist mir nicht bekannt; dem Sinn nach
möchte man setzen nis ne releg oder nis dezazeg. 22. desadrech L.

2*

25   Donas hi a qu'ab venassal
semblan porton bevolensa,
que non auzan traire venal
lor amor ni lor parvensa,
tro qu'an proat si de bon dreg
30   son be d'amor e el destreg
selhs, en cuy volon ses falsura
metre lur amor e lur cura.

Qui vol amar dona cabal,
pus a bona captenensa,
35   ges non la deu gardar engal
si meteys de far fallensa;
mas d'us folhs fenhedors hi veg,
qu'amor non an ni fe ni leg,
que manta dona cast'e pura
40   fan encolpar ses forfachura.

Del pro comte de Rodes deg
ben dir e vuelh e ay ne dreg,
quar valors e pretz e drechura
son en luy e sens e mezura.

45   A Lunelh remanc e m'espleg
ab senhor lial e adreg,
e quar ma gensers a segura
valor, mos chans des vers melhura.

---

25. dona A. y. a, L., die Buchstaben nach venal in A. nicht
zu lesen, L. hat venals sal. 29. pleg. A. drech. L. 30. be e damor el destreg A.; vielleicht wäre auch zu setzen son e be d'amor,
el destr. destrech L. 31. sel L. 33. tabal A. 37. mas cus fols
L. vey L. ᴁ. ley L. 40. en colpa A. forfaichura L. 41. pros L
43. valor L. 45. mon plech L., espleg lässt wohl eine doppelte
Auffassung zu, als Substantivum und als Verb, die letztere scheint
die bessere zu sein. 46. adrech L. 47. tarma M. 48. dest vers L.

V.

Dieses Gedicht befindet sich nur in A.

Si quon la fuelh' el ramelh
creys el guai temps de pascor,
e creys lo frugz de la flor
per gaug del dou temps novelh,
5   creys mos chans e renovelha,
quar aug dire qu'anc nos seys
plus francx coms ni plus adreys,
e quar de tal dompna so,
qu'anc no fes ni dis mas pro.

10   Tan son li fach el dich bo
de mi dons, qu'om a razo
ques jaus d'amor sel empeys
en amar lieys, qu'anc nos feys
de far so, per ques capdella
15   lis pretz, qu'a tant en capdelh
que ley . . . . . . cor
. . . . . en lauzar honor
son cors de totz mals piusselh.

L'apreyador conhdar elh
20   no vol ni entendedor,
mi dons, mas fin amador,
non fenhedor ni yrnelh,
ni es fenhens ni yrnelha,
ni anc nos miret nis peys,
25   ni escotet ges dompneys,
ni anc fis amans nol fo,
ses cobrar bon gazardo.

---

1. fuelha el. 3. frug. 7. ni pus. 12. qes jaus damor selempeys.
Die letzten Verse der Strophe sind an den bezeichneten Stellen
nicht zu lesen. 19. la preya . conh darelh no vol ni enten . dor
mi dons ma . . ador, so das Ms.

Tant es de bona faisso
mi dons, que melhoirazo
30   noy vol, quar anc non ateys
dompna de las doas leys
en tan haut pretz; tant es bella
sa valors quom dieus, es belh
tot quan fai, el preyador
35   sieu son mai el lauzador
que d'autra, qu'om dompn'apelh.

Ancaram mou dreg simbelh,
qu'ieu del comte, mo senhor,
de Rodes fassa lauzor,
40   car es el cap del castelh
de valor, que de Castelha
trol cap del mon coms ni reys
del sieu poder mielhs no creys
de fin pretz, ni anc no fo
45   qu'al vis, sal del comt Hugo.

Reyna maire piussella,
filha de paire piusselh,
vos tenc ieu per mà gensor,
el pros coms ditz gran error
50   de Rodes qu'autrans apelh.

Empero breg'c tinelha
vuelh aver tostemps ab eys,
tro que del maldir se fleys,
quem ditz de vos mas quan co
55   sieus li prez en ma chanso.

VI.

Das Gedicht findet sich nur in A.

Tant fin' amors totas horas m'afila
ma voluntat, qu'ieu de lauzar m'afil

---

45. qui al vis. 51. brega e tinel Rayn. Lex. rom.

mi dons qu'en ro tan mais no s'asubtila
mos cars sabers, qu'ieu non ai ta subtil,
5 que pogues dir l'una part de las mil
lauzors, qu'om pot de lieys dir, que d'ans mil a
no nasqueth homs lo pogues, non dic guil,
ni lunhs per lieys lanzar non pot dir guila.

Si quon virtut natural el sa fil a
10 loriental plus quen autre sa fil,
val mai mi dons qu'autra dompn'a gentil a —
mor ben amar a fin aman gentil,
e dic vos be, qu'anc, depos qu'ieu sentil
fiu pretz de lieys e dins mon cor senti l'a —
15 mor, qu'ieu li port, no fi cauza sotil
si quon denant, tant me desasotila.

Mi dons es tals que franc cor e humil a
verayamen a fin aman humil,
quan lo troba lial, non en re vila,
20 que no s'azaut ja de far cauza vil;
tant es d'onrat luec e de senhoril
que part totas dompnas pretz senhoril ha,
sitot nos te qui la prega de suil,
ans selh, que non la prega, mot per suil ha.

25 E qui bon' art e belh' e maestril ha,
per far obra be fort e maestril,
que la vuelha far frevol e fragil, a,
mout tene per fol son sen e per fragil;
aitals suy ieu estatz mas aqui vil
30 que vi mon dan e que de mi dons vi la

3. queu re tan mais nos sa subtila. 6. que dans mil a. 7.
hinter non ist das Ms nicht zu lesen. 9 u. 10. die beiden Verse
sind mir unklar geblieben; ich habe nur den Wortlaut des Ms
wiedergegeben. 27. ich habe a als Interjection aufgefasst, würde
des Reimes wegen ein Femininum fragila zuzulassen sein? 29. die
mir unverständlichen Stellen der letzten vier Verse sind nur mecha-
nische Wiedergabe des Ms. .

fina valors mi perdeus lun ca pil
obrar d'obra, que del joy d'amor pil'a.

Coms de Rodes, car senher, ab gentil
pretz mantenetz valor e de gentil a —
35   mor ben amatz ma gensor, on portil
lauzor de vos e luenh e pres porti la.

Al bon senhor de Mercuer, qu'es el fil
de valen pretz, que nos romp nis desfila,
chansos, vai dir, qu'ieu no truep qui s'apil
40   mielhs e fina valor, qu'elh si apila.

VII.

Das Gedicht steht nur in A.

Dompna bona bell' e plazens,
per vos fis joys e vers me nays
ins e mon cor quan pes, qu'esmais
avetz de nostres falhimens;
5   maires de dieu, verges casta e pia,
mans peccadors e mantas peccairis
attendon joy, que luns temps no fallis
per vostres precx sancta verges Maria.

Dompna, vos etz razonamens
10   de nostras armas ab dieu mais
que res que sia, qu'els esglays
no cajo d'ifernals turmens,
e vos etz flors e frugz . . .
la pia . . . . . . pandis
15   en . . . . . . a nostras fis
(per vostres precx) sancta verg (es Maria).

---

33. senher quarab. 37. Mercuer, Schloss in Velcy; der zu jener
Zeit lebende Herr von Mercuer ist Beraud X. (Art de vérif. X. 495
und hist. de Lang. IV. 19 Preuves).

1. bel. 5. e casta epia. 13. 14. 15. an den bezeichneten Stellen
nicht zu lesen. 16. das Eingeklammerte ist nicht zu lesen. Die
folgende Strophe ist durch das Herausschneiden einer Titelvignette
verstümmelt.

Dompna . . . .
de salvano .
re de fern
20 nasquet le . .
ga de bon . . . .
ven vos q
que las portas a peccadors ubris
per vostres precx, sancta verges Maria.

25 Dompna, quan fo le nayssemens
del vostre car filh, res nous frays
plus que franh la veirial rays
del solelh, qu'es dins resplandens;
per qu'es folhs selh qu'a vos non s'umilia,
30 quel plus belh frug el plus noble noyris
qu'anc fos, per que mant'arma reculhis
per vostres precx, sancta verges Maria.

Ar preguem selh quels elemens
formet e tot quant es, quens lays
35 descargar quasqus del greu fays,
qu'es de las armas perdemens,
que tant em ple d'erguelh e de bauzia,
quel mons fora ben dignes quen peris,
maire de dieu, s'el tan non obezis
40 vostres cars precx, sancta verges Maria.

Vostra valor, dona, dir non poiria
luns homs carnals, tant es vostre pretz fis;
sal dieus o vos, sancta verges Maria.

Al mieu senhor, qu'es coms de Rodes, via
45 ten ma chansos, on lis pretz se noyris,
e digas lis peneda si mal dis
de ma gensor, qu'es la verges Maria.

---

38. mon. 43. santa. 47. vergues.

Romans de mondana vida. (La Vall 139.)

E nom del paire glorios,
quens formet a sa figura,
d'aquel senhor qu'es poderos
de tot cant es per drechura,
5   fas. I. dechat qu'es cars e bos
d'auzir a sels, on s'atura
bona fes, mas als ergulhos,
qui renhon ab desmezura,
non er ja d'auzir saboros,
10   car non an en dieu lur cura,
qui fon pres e liatz per nos
al pilar per gen tafura;
pueys aunitz e levatz en cros
e feritz a gran falsura
15   de lansa, le reys piatos,
e coronatz de mot dura
corona; pueis. I. fals felos
de fel e de suia pura,
mesclat ab vinagr' engoissos,
20   d'aquela bevend' escura
l'abeuret. grans fol passios
que sofri ses forfaitura,
per que sos pobols no fos
el turmen, que tostemps dura.
25   Per quem fai mot meravilhar
la gens, car es tan braidiva

---

1. nomz; nach m findet sich fast immer, auch wenn es durch die übliche Abkürzung dargestellt ist, ein z, das nicht zur Unterscheidung der Casus dient, denn nach. demselben findet sich noch das flexivische s, z B. homzs (Vers 246); sollte es etwa eine bestimmte Aussprache angeben? 5. bons. 13. crotz. 15. rey. 26. gen.

dels sieus comandamens passar,
e car es tan esforsiva
de conquerre ni d'eretar
30 en esta vida caitiva,
ni l'un ni l'autre deshonrar.
hom no sap res can se viva,
e coven tot' ora laissar
a la mort, quens es aiziva;
35 mas de la nobla cort ses par,
on dura vid' agradiva
per tostemps ab jorn net e clar,
de totz plazers plantadiva,
pensam pauc, qu'y puscam intrar;
40 car fols volers nos abriva
de far so que nos degra far
en tot so que dieus esquiva,
e can non deuriam laissar,
adonex pau nos recaliva.
45 tan nos es dos so qu'es amar
en l'auta cort senhoriva.

Car vengutz es temps, qu'en l'amor
de dieu hom gaire nos fia;
c'aras noy vey emperador
50 ni rey ni sancta clerssia
ni duex ni comtes ni comtor
ni baro, que tenha via
de ben servir nostre senhor,
e ges esser no solia,

---

31. luns e hom. 33. e covent o tor a laissar, obgleich
die Mss zusammengehörige Buchstaben nicht derartig zu zerreissen
pflegen, möchte obige Auffassung doch dem Sinn entsprechen.
Vers 47—59 findet sich in Rayn Choix V 149 (R). 47. qu'en la
mort R. 48. hom gatje nos sia R. 51. coms L. R. comtor: ce
titre signifiait un vassal immédiat du comte, inférieur au vicomte
mais supérieur à tous les autres seigneurs (hist. de Lang II. 242
und Diez Werke 447).

55   can vivion lur ancessor,
        qu'en la terra de Suria
        no s'en passesson li pluzor,
        per venjar la vilania
        qu'a dieu feron juzieu trachor.
60   en crotz per nostra folia,
        quel pres esmays, tanta dolor
        no receup mas car vezia,
        que de s'obra, de la melhor,
        s'el non la sufris, perdia.
65   pero la sobregran tristor,
        qu'el sofri, venjar deuria.

        E pus dieus ve, qu'a nos non cal
        de luy, vol penre venjansa
        de nos, qu'e la guerra foral
70   ab dolor e ab pesansa
        ten los reys, e non esta mal,
        que pauc an de luy membransa
        de venjar la pena mortal
        que sofri per nostr' erransa,
75   e que tenon Turc deslial
        lo sepulcr' a deshonransa
        de dieu e tenon l'espital
        e Acr'e Sur en balansa
        tenon lay que, si dieus noy val,
80   del perdre son en doptansa.

        Non a say negus gazanhat,
        car aura touta sa renda
        l'us a l'autre ni acabat.
        cujatz, que dieus non loy venda,
85   s'o tol a tort ni a peccat;
        si fara ja, non entenda,
        que dieus retengals el malvat,

67. dieu. 77. dieu el espital. 84. 94. 98. dieu. 87. retengal sel malvat.

e can que tric non defenda
lo drechurier, el nofezat
90   punira, com que tal prenda,
lay, on serem a dreg jutjat,
s'en sa vida no s'esmenda
de so c'aura say mal obrat.
cujatz que dieus non defenda
95   sel que baissa crestiantat
a tort e c'aussis e prenda
son par crestian del barat
que fa cre que dieus lin renda
guizardo segon qu'a layssat
100   lay estrig en sa legenda.

Totz le mons vay a perdemen,
si dieus garda no s'en dona,
qu'ieu vey que l'us de l'autre pren,
so que dreitz non abandona;
105   l'us vieu emblan, l'autre tolen,
l'autre ses dreg plag razona,
l'autre ab son vezi conten
a tort tan quel occaizona,
tro que la senhorial pren,
110   l'autre son par empoizona
quel tray manjan e beven,
l'autr' aussi que mot no sona,
l'autre ven peltre per argen,
l'autre ven jueill per anona,
115   e l'autre ven sa carn puden,
prometen a dieu qu'es bona,
e l'autre mals draps per bos ven.
tan grans malvestatz s'adona
de faitz e de ditz en la gen,

---

114. jueill **fehlt**, ergänzt nach einem ähnlichen Verse von Peire
Cardinal (Rayn Lex, unter auona). 115. car. 117. mal drap.
119. en las gens.

120   que bes vendra si perdona
            Jhesum Christ ad I. dels c.

            Tant es le mons ar ples d'engan,
            c'om aussi si e son paire,
            el paires lo filh mal menan
125   el cozin german el fraire;
            la maire aussi son enfan,
            el enfans aunis sa maire
            el clerc tolon escumenjan
            de so que lur es vejaire;
130   el emperador grans tortz fan
            als reys, sol c'o puescon faire,
            els rey als comtes atrestan,
            el comte de gran afaire
            dezeretols baros tot l'an,
135   el baro mant bel repaire
            de lors cavayers a tort an,
            els cavayers a gran aire
            vivols caitieus pages pluman.
            tals n'i a neus del araire
140   lurs levols buous, non dreg gardan,
            els pages per bolas traire
            se perdon, els pastors talan,
            que no s'en sabon estraire,
            els fossors, car demandon gran
145   loguier, per lur fals maltraire,
            el metge lur mestier falsan;
            aquilh que no sabo gaire
            cujon guerir et aussiran;
            per qu'es mal c'om lor o paire.
150   el menestral el mercadan
            tug so mentidor o layre,   ·

Von Vers 122 bis Vers 283 bei Bartsch, Chresth. 301. 122. lo B. ar fehlt auci B. 127. efans B. 128. clerex. 132. els reys al comte. L. el rei B. 136, 137 cavaliers B. 138. caitius B. 140. gardon 149. els per ques.

l'us vas l'autre ab bel semblan
d'amor, per aver atraire.
el juglaret el viandran
155   si perdon per mal retraire.
e veus d'aquest segle truan,
com engana mant peccaire.

Tant es aquest segle farssitz
de gens mot dezordenadas,
160   qu'engana molhers e maritz
tan c'aussis l'us l'autr'en badas;
mas las molhers enganairitz,
can son dels drutz emprenhadas,
fan entendre las trichairitz
165   de lurs maritz son cargadas.
e cujon aver escarnitz
lurs maritz las desastradas
cant an perdutz lurs esperitz,
e remanon enganadas
170   per jovensels enfoletitz
e mais per sels c'an clergadas.
arans parlem dels descausitz
alberguiers, eo son malvadas
gens. mot seretz ben aculhitz
175   per els e per lurs maynadas
al venir e mot obezitz;
las ostas auretz privadas,
e las sirventas peccairitz
tenran vos apparelhadas,
180   e can vos seretz reculhitz
ab els e seran sermadas
las viandas, er faitz l'envitz,
que manjon totas vegadas
ab vos que seretz gen noyritz
185   o lur trametetz onradas
prentalhas, segon que aizitz

---

ne seretz, e s'enviadas
lur avetz auca ni perditz
e carns frescas e saladas
190   e pans blancx e vis esclarzitz,,
vendran vos avols sivadas
mal lieuradas e fes poiritz
e manjadoyras traucadas.
pueys auran vos los porcx aizitz
195   e truiassas afamadas.
e can vos seretz adormitz
manjaran a grans goladas,
e jairetz en lensols blezitz.
e en cossers dezonradas,
200   e seretz mal e lag cabitz
de coissis e de flessadas.
pueys al comtar seretz malditz,
si de las II soudadas
non lur datz IIII sous complitz
205   de lurs falsas denairadas
veus [cous er] los prezens grazitz
de la[s viandas delgadas]
de que vos [los auretz] servitz.
tant son gens desarengadas
210   en aquest segle qu'esbaitz
suy, don seran restauradas
las armas dels angels marritz
c'ab lucifer son dampnadas.

Grans deu esser lo cossiriers,
215   c'aver devem ses falhensa,
car al senhor qu'es drechuriers
de nos fam desconoissensa,
qu'el nos es francx e drechuriers
e nqos ses oediensa

---

192. liuradas B. 195. truassas B. 206. Das Eingeklammerte
ist nicht zu lesen im Ms. und Ergänzung von Bartsch. 209. gen
desangadas.

220 ves luy, que mans tormens sobriers
sofri per nostra guirensa.
pauc fam dels mandamens premiers
qu'el nos fey, per negligensa
nos en layssam, per qu'els derriers
225 jutjamens n'aurem pendensa.
l'us es vaudes e liauniers
e de mala conoissensa,
l'autr' eretges l'autr' usuries,
l'autre rete ses temensa
230 cartas pagadas e deniers
comandatz en sa plevensa.
l'autr' es molheratz bagassiers
ses ley e ses penedensa,
e l'autre dels IIII cartiers
235 de dieu dira [descre] zensa.
per ca[ss'o] per [joc], per estiers
a son tort pren defalhensa,
l'autr' es a sas gens mals terriers,
l'autre son senhor bistensa
240 de son dreg, el es corturiers,
s'es d'un rey en mantenensa.
l'autr'es a senhor lauzengiers
tan que met peleg' e tensa
entre luy e sos companhiers,
245 tro'n geta la bevolensa;
l'autr' es ricx homs que volontiers
servissials covenensa,
que a cap de XXX ans entiers
non auran mas lur vivensa.
250 l'autre ve paures almoyniers
a senhor quel fa valensa
tan qu' es ricx, mas pueis si mestiers

---

222. faym. 224. el derriers. 225. pedensa. 228. esuriers.
230. o deniers B. 231. comandas. 235. Das Eingeklammerte ist
nicht zu lesen. 246. homzs. 247. Bartsch schlägt ve co vensa
vor. 250. paure. 252. mas fehlt. e B.

li fa, no'n a sovinensa.
l'autr' es bailes o peatgiers,
255   c'al senhor fai tot creyssensa
de rendas, tan l'es plazentiers,
qu' en met s'arm' en nonchalensa;
e l'autr' es corrieus o bandiers,
que tot l'an en mal despensa,
260   per gatjar pastors o boviers
e d'autres ses conoissensa.
l'autr'es trobayres messongiers, ⸰
que non a ges d'estenensa
de mal dir, qui dons ufaniers
265   nol vol dar ses retenensa.
l'autr' es de penre prezentiers
draps o deniers a crezensa,
pueys al pagar sera frontiers,
queus dira ses reverensa,
270   que vos es us grans renoviers,
si l'avetz fag avinensa;
l'autr' es alcavotz mercadiers
de femnas ses essiensa;
l'autr' es trichaires lechadiers,
275   que d'als non a sa chalensa;
l'autr' es paures, ricos parliers,
que totz jorns bregas comensa;
l'autr' es maldizens lagotiers
d'autres e de sa naissensa;
280   l'autr' es ribautz e taverniers,
que tot l'an fa sa despensa
per tavernas e per seliers,
qu'en als non a s'entendensa.
tant avem d'aquels mals mestiers,,
285   maire dieu, qu'en dechazensa
son nostras armas, si non quiers
a dieu, que merces lons vensa,

---

quens gar dels yfernals sendiers,
pos quens fe a sa parvensa;
290   car non deu tener bos obriers
sa bon' obr' en vil tenensa.

Pero farai vos questio,
per que l'obra, qu'a dieus facha
bon' e bela de sa faisso,
295   sufres quel sia sostracha
per autre, nil donatz bando,
sia ves luy tan forfacha,
quel menassa de sospeisso,
ni per que negus l'empacha,
300   sa bon' obra, d'avol brico,.
que sofra sia desfacha
l'obra, que maistret tan bo,
ni esvazida ni fracha
per lunh malvas guerrier felo.
305   si donex non era refacha
per dieu mielhs, qu'en premier no fo,
cascus deu tener tal gacha,
que per trachor ni per lairo,
ni per lunha falsa pacha
310   non perda dieus sa bastizo;
que l'enemiex d'als non tracha
mas d'enganar l'establizo,
qu'es dedins e qui nos gacha,
qu'y tenga dieu en garnizo;
315   de defendr' auran sofracha
tug silh qu'el sieu bastimen so
mot malastruc   ,
qu'el geta de sa tenezo
sel que s'obra gran maltracha,

---

293. dieu. 310. dieu. 311. lemiex. 314. dieus. 317. fea
alacha so das Ms,?; überhaupt sind in dieser tirade einige ziemlich
dunkle Stellen.

3*

320 ses azesmar bona razo;
anta lin sera retracha
sul jutjamen de prat negro,
on l'enemicx nos agacha,
sens perdem per nostr' ochaizo
325 a dieu, sins dampna ni cacha;
mos fols sens s'obra quier perdo
que m'arma nol si' estracha.

Cascus podem saber per ver,
si ben avem sert albire,
330 que dieus don' auzir e vezer
e sen ad home d'eslire
ben o mal, e pot s'estener
ab cal ques vol, tro ques vire.
pero be sap que mantener
335 non deu hom mal far ni dire,
mas lo deu, si pot, dechazer,
per so que dieus non l'azire.
e pueys dieus nos a dat poder
de far ben e mal esdire
340 lo podem be cascus per ver,
qu'el nons a tort ses martire
laissam nostras armas chazer;
mas be pot esser quel tire;
pero sil vengues a plazer,
345 que ja poder ni dezire
nons des de far lag ni dever
vas luy, nons calgra cossire
pueys a luy ni a nos aver
de nostras armas aussire.
350 pero seguramnent esper,
mas las volc e nos assire,
qu'el las vol ab se retener,
sol qu'om de s'amor nos vire.

·323. enemic.   327. sia estracha.   331. sen ad home sen d.
337. 338. dieu.

Saber podetz, que per mayre
355   nons det dieus en est mon vida
mas per saber cals se capte
ben o mal tro la fenida;
los avols laiss' els bos rete
de sa part en l'establida
360   de paradis, on per jasse
vieu hom ab gaug ses falhida.
vai selh, qu'y fa pus mal que·be
e per sa flaquez' aunida
dels sieus comans far se recre;
365   vieura tostemps ab marrida
vid' en yfern, c'aissis cove,
don s'arma sera delida.
aras las parle contra me
c'ay vescut ab descauzida
370   vida lonex temps, quar tiṛ al fre;
mais enans que si' issida
l'arma del cors, ay en dieu fe,
sil play, qu'el me don tal vida,
quem met en la via que te
375   al port, on ses demezida
pot hom passar ses perdre se.
maire de dieu, adzemplida
de gracia, si nous sove
de nos, mant' arm' er perida,
380   sens jutja dieus per so qu'y ve;
dona sias nos aizida,
quens fassa jutjar per merce;
dona, car vos fon cobida
per vos la gracia queus fe,
385   can venc en vos, afortida
devetz esser de pregar, que
siam tug de sa partida;

---

355. dieu. 356. cal. **371.** sia issida. **376.** perdre ses. 382 fassas.

doua, totz bos crestias cre,
quen dejatz esser auzida.

390 Pero yeu vos dirai cossi
deu estar de prejar muda
nostra dona de sen fraizi
de gen, mal aperceubuda
que es, pero que tro la fi
395 no fan socors ni ajuda
degus a lur armas, c'aissi
n'es mant' arma deceubuda;
no y a tan sert ni tan fi,
s'aponha res, tro 's venguda
400 la mortz per autres o per si.
per qu'es fols sel que refuda
benfag, ni qu'en la mort se ri,
que tals loncx temps vieure cuda,
que mor del ser tro al mati,
405 que res no sap on se muda,
per c'om deu be far, c'est acsi,
a rescost o a saupuda,
can pot, a son paure vezi,
a la gen non conoguda.
410 pauzen, que sia mal aqui
l' almorna reconoguda
Jhesum Crist; sobra, quil servi,
lay on l'almorn' er renduda
mil milia tans, sous afi,
415 mager que no es avuda.
ara las parli contra mi
c'ay mant' almorna tolguda,
qu'enquerian per dieu querenti
c'ay per fol sen retenguda.
420 mas a la verge, que noyri

---

388. tot bos crestia. 399. tro ques. 409. conguda. 418. um
eine Sylbe zu lang, vielleicht per zu streichen.

Jhesum Crist, quier que perduda
no sia m'arma mas qu'esti
lay, on per lieys er volguda,
e quel puesca servir aisi
425   que no sia cofonduda.

Car l'enemiex ten tans tendutz
lasses, que noy a boscatges,
ni pratz, ni vergiers, ni batutz,
ni naus, ni pons, ni ribatges,
430   ni ortz, ni vinhas, ni romputz
issartz, ni cams, ni ermatjes,
vals, ni combas, ni puetz agutz,
ni issidas, ni intratge(s),
ni castels entiers ni fondutz,
435   bores, ni sicutatz, ni mazatge(s),
claustras, ni mostiers car tengutz,
ni crozifies, ni emage(s),
ni ermitatges escondutz
ni reclus, ni beguinatje(s),
440   que per tot nons tengues tendutz
los lasses per vielh uzatje
le diables, qu'es tan agutz,
quens fa far mant(s) nessiatge(s).
neus en paradis n'a avutz
445   dels lasses; be fo salvatje,
qu'en paradis fo receuputz
d'aquestz lasses, en l'estatge
de paradis, e non tengutz
en yfern, on ten ostatge
450   pro dels angels qu'i ac perdutz.
Vejatz del human linhatge
si deu ben estar esperdutz,

---

433. intratge, für die Endung atje lässt sich nicht überall das
s ergänzen; wo es im Ms. fehlt, und der Sinn es hinzuzufügen wohl
erlaubte, habe ich durch Klammern bezeichnet.   442. diable.

que l'angel
pus
455   sol
poira passar vestitz o nutz,
c'om pot passar ab guiatge
de benfag, quels ten defendutz,
c'om noy pot penre dampnatge,
460   sol c'om no sia recrezutz,
ans qu'aya fag lo passatje.
e pus dieus bos nos a volgutz
ensenhar, per son otratge
remanra sel, qu'es remazutz,
465   per que mez' a s' arm' en gatge
lay, on lucifer es cazutz
e el felos perzonatge.
preguem dieu, quens aduga tutz,
que puscam far lo viatje,
470   qu'el gaug de paradis adutz
sels quel fan de bon coratje.

A Lunel fo fagz le dechatz,
qu'es reprendemens de vana
vida per Folquet qu'es estatz
475   , qu'el se vana,
que las messonjas nils peccatz
qu'el a fagz d'una semmana
non aurian estritz ni notatz
los bos c' a faitz per ufana
480
dieus lo met en via plana
que pusca morir cofessatz,
si qu'en l'auta cort sobrana
sos esperitz si' albrigatz,

---

453. 454. lauten im Ms.: que langel nanon arratge —
pus passos ni a tendutz. 455. sol com de dor los essatge, so
im Ms. 467. e fehlt. 475. fons de m̄ur. 480. quatre cuas taut
estacatz, über dem u (v) in cuas findet sich die einem, vertikal
gedachten, Circumflex ähnliche Abkürzung. 483. sobirana.

485   qu' y totz gaugz florir e grana.
      aras preguem dieu, c'als ondratz
      reys don patz cotidiana,
      per so que la crestiantatz
      no s'abais per . . . .
490   ni per els non sia camgatz
      lo loua . . lenama
      e l'apostols . . .
      per la . . . .
      . . . . . . ten patz
495   no suefra guerra londana .
      de sels, quel a dieus comandatz
      en garda, car es lugana
      de salvatio e clartatz
      de tota gen crestiana;
500   garde, que no sia blasmatz
      per dieu, car el non aplana
      le gran trebalh que s'es levatz
      per la gen siciliana,
      don crestianism' es torbatz,
505   es n'alegra gens pagana.
      el nom de dieu fo comensatz,
      que per nos pres carn humana,
      le romans e si' acabatz
      el sieu nom, que de soptana
510   mort nos gar, e si' enviatz
      al pro comte, c'a sertana
      valor, de Rodes e sil platz,
      s' y ve paraula vilana,
      sia per luy examinatz,
515   car es d' entensio sana;
      pero, sil romans es obratz
      d'obra que dretz no soana,

---

489. von diesem Vers ab viel verwischt.   **502.** grans.   **503.** gens.
511. pros.   **513.** si y.

si' el sieu libre traslatatz,
que es d' obra ansiana.
520 mo senh' en . . sapchatz,
le bos avesques m' aplana
de Magalona, m'ai foldatz
que pus pas l'etat meiana
non chant huey may de vanetatz,
525 mas laus la filha santana
el senhor, que de lieys fon natz,
que sel e terra compana;
e, pus soy ab el abrigatz,
creiray lon ses laus umana,
530 e sia 'n Jhesus Crist lauzatz,
car yeu Folquet de mondana
vid' ay fag romans qu'es obratz
d' obra que no s' afana.
en l'encarnassio fon fatz
535 de m. c c. LXXX
e catrel romans e retratz
per Folquet qu'a ben XL
dels ans qu'el es vas. dieu forfatz
dels peccatz, qu'om de luy canta.

---

518. Dass Liederbücher noch in früherer Zeit als das hier an-
gedeutete verfasst sind, erwähnt schon Diez (Werke 606); Guingené, in seiner hist. litt. d'Ital. I. 242 spricht von einer noch älte-
ren Sammlung, die Alfons II., König von Aragon und Graf von
Provence (gestorb. 1196), durch einen Mönch des Klosters St. Hon-
norat habe anfertigen lassen. 520. Der hinter en folgende Eigen-
name ist durch . Bc̄ = dargestellt.

Dass dem, was im Nachfolgenden über den Bau
der Strophen gesagt wird, Dante's lehrreiches Büch-
lein: de vulgari eloquentia (vergl. dazu Boehmer: Ueber
Dante's Schrift de vulg. eloq.) zu Grunde gelegt ist,
bedarf wohl keiner Rechtfertigung mehr, wenn man
bedenkt, dass wie im Allgemeinen die Italiener jener
Zeit bei den Provenzalen in die Schule gegangen sind,
so besonders Dante die Troubadours in der Lyrik so
oft als Muster hinstellt. Anregung und Anleitung wurde
mir speciell zu Theil in den Vorlesungen des Herrn
Prof. Tobler und in den von demselben geleiteten
Uebungen der romanischen Gesellschaft. Für alles
andere, was die provenzalische Reimkunst berührt, sind
natürlich die leys d'amors Quelle gewesen (vergl. dazu
Ferd. Wolf in den Jahrbüchern der wissenschaftlichen
Kritik 1842. II. 423 ff.); für beides boten ausserdem
Bartsch's treffliche Abhandlungen gründliche Belehrung
(Ebert's Jahrbuch I. 171 ff. und Pfeiffer's Germania II·
268 ff.).

I.

Das Gedicht besteht aus fünf Strophen[1]) und zwei
tornadas, handelt von Liebe, hat männliche mit weiblichen Reimen gemischt, könnte also zu den canzos
gezählt werden.

Jede Strophe hat 8, jede tornada 4 Zeilen, die,
mit Ausnahme der fünften jeder Strophe und der ersten

---

[1]) Die Strophen heissen in Dante's Schrift stantiae, die Vers-
zeile carmen, metrum auch fustis.

der tornadas, aus 8 Sylben[1]) bestehen; die fünfte Zeile
nämlich und in Folge dessen auch die erste der tornadas hat in L nur 7 Sylben, in A unter den sieben
Malen, die sie vorkommt, nur zwei Mal 8 Sylben, so
dass wir zu einer Besserung schwerlich berechtigt sind.
Wir haben hier also eine seltene Mischung von Versen;
siebensylbige mit weiblichem, achtsylbige mit männlichem, achtsylbige mit weiblichem Schluss. Die Ver-
bindung des achtsylbigen Verses mit männlichem und
des siebensylbigen mit weiblichem Reim,[2]) der eigent-
lich auch acht Sylben zählt, begegnet zwar häufig in
der provenzalischen Lyrik, auch findet sie sich in längeren Gedichten, wie in dem romans unseres Dichters
und dem breviari d'amor; ebenso gebräuchlich ist die
Vereinigung von achtsylbigen Zeilen mit männlichem
und mit weiblichem Schluss; seltner aber findet sich
die Zusammenstellung von siebensylbigen und achtsylbigen Versen mit weiblichem Ausgang.

Eine Eintheilung der Strophe im Sinne Dante's
scheint in unserm Gedicht nicht möglich. Dante unter-
scheidet nämlich, von der musikalischen Begleitung des
Liedes ausgehend, Strophen; die nach einer stetigen
Melodie, una oda continua, gesungen sind und solche,
die eine Wiederholung eines musikalischen Theils und
in Folge dessen eine diesis i. e. „deductionem vergen-
tem de una odo in aliam" enthalten. Nach Dante ist
also eine Zweitheiligkeit der Strophe gar nicht denk-

---

[1]) Nach provenzalischer Zählungsweise, wonach die letzte be-
tonte Verssylbe auch als letzte zählt, eine Sylbe mit accen greu am
Ende des Verses also nicht mitrechnet; nach Dante, der nicht nur
die unbetonten Reimsylben mitzählt, sondern sogar, wenn der Vers
mit einer Tonsilbe endigt, noch eine unbetonte Reimsylbe als ge-
schwunden annimmt und zuzählt, hätten alle diese Zeilen neun
Sylben, welche Sylbenzahl in Wirklichkeit nur der sechsten Zeile
der Strophen und der zweiten der tornadas zukäme.

[2]) Man pflegt bei dieser Vermischung von jambischem und
trochäischem Rhythmus zu sprechen, doch dürfen wohl derartige
Begriffe in die provenz. Poesie nicht hineingetragen werden.

bar; eine Gliederung, wie wir sie grade im provenzalischen ziemlich oft finden, und die wir auch in unserm
Gedicht als die allein mögliche annehmen können.
Theilen wir somit unsre Strophe, wie es die Anordnung der Reime an die Hand giebt, in frons und cauda
zu je vier Zeilen, so haben wir ein Verhältniss der
beiden Theile, das Dante, der nur von einer Ungleichheit sowohl an Versen als an Sylben spricht, unbe-
rührt gelassen hat.

Die tornadas[1] entsprechen, wie es auch die leys
d'amors verlangen, der letzten Hälfte der Strophe, hier
also der cauda.

Die Strophen zeigen alle dieselben Reime in derselben Ordnung, eine Erscheinung, wie sie im Deutschen
Ausnahme, im Provenzalischen fast Gesetz ist; wir
haben also nach dem Ausdruck der leys (I. 270) coblas unisonans; in Bezug auf die Reimstellung, da die
frons rims crozatz (I. 170), die cauda rims caudatz
(I. 168) zeigt, können sie als coblas crotz caudadas
(I. 242) bezeichnet werden.

Die männlichen Reime sind rims sonans leyals
(I. 154), mit Ausnahme der in Vers 25 und 28, 39
und 40, die rims simples leonismes (I. 160, 162) genannt werden können; doch sind diese, da sie sich
an den entsprechenden Stellen der andern Strophen
nicht wiederfinden, hier, wie grösstentheils überall,
wohl mehr durch Zufall als aus Absicht entstanden.

Die weiblichen Reime sind rims simples leonismes;
dieselben Reimwörter: aonda, monda, jauzionda finden
sich und zwar mit derselben Bedeutung, was in den
Strophen nicht erlaubt ist, in den tornadas wieder, wo
„motz tornatz non es vicis" (IV. 102).

Der achtsylbige Vers kann, wie die leys (I. 136
und IV. 86) sagen, eine pauza suspensiva haben oder

---

[1] In Dante's unvollendetem Werke wird über dieselben nicht
gesprochen.

nicht; tritt sie ein, so steht sie nach der vierten Sylbe
und zwar nach einem accen agut; tritt sie nicht ein,
so muss in der dritten Sylbe ein accen agut oder ein
accen greu stehen, d. h. die dritte Sylbe darf nicht
lang sein. Eine derartige Caesur könnte man in unserm Gedicht, z. B. in Vers 10, 14, 15, 18, 24 annehmen; wo sie nicht erscheint, widerspricht der Vers
nicht der von den leys aufgestellten Regel.

Bezeichnet man den siebensylbigen Vers mit kleinen griechischen, den achtsylbigen mit kleinen latei-
nischen Buchstaben, den weiblichen Reim mit diesem
Zeichen ˙, die diesis durch ein Semikolon, so erhält
die metrische Formel folgende Gestalt:

$$a \ b \ b \ a; \ \tilde{\gamma} \ \tilde{c} \ \tilde{\delta} \ \tilde{\delta}.$$

II.

Das Gedicht nennt sich selbst, in der zweiten
tornada, ein Sirventes, und können wir es, nach der
von Diez gemachten Eintheilung dieser Gattung, zu
den politischen rechnen. Es besteht aus 6 achtzeiligen
Strophen und aus 2 vierzeiligen tornadas. In jeder
Strophe findet die Wiederholung einer Weise und zwar
vor der Diesis statt, so dass wir dieselbe in zwei pedes
zu je zwei und eine cauda zu vier Zeilen zu theilen
haben, wogegen das Fehlen einer fühlbaren Pause nach
der frons der vierten und fünften Strophe wohl nicht
Einspruch erheben kann; beide Haupttheile sind an
Verszahl wiederum gleich, an Sylbenzahl überwiegt die
cauda. Die Verse der frons nämlich sind achtsylbig
mit männlichem Reim, die der cauda zehnsylbig mit
weiblichem und männlichem Reim. Die tornadas entsprechen in ihrem Bau ganz der cauda.

Die männlichen Reime sind rims sonans leyals
wie Vers 1 und 3, oder consonans leyals (I. 158) wie
Vers 4, 10, 44; eine consonansa contrafacha (I.
160), welche darin besteht, dass der dem gleichen Vo-

kal vorhergehende gleiche Consonant nicht zum Reim-
wort selbst gehört, könnte man in Vers 15: 47 annehmen; ebenso lässt sich der Reim in Vers 7 : 55 als
rims simples leonismes contrafagz (I. 162) bezeichnen.
Die weiblichen Reime sind rims simples leonismes.

Dieselben Reimwörter mit derselben Bedeutung finden sich in Vers 18 : 42, 27 : 43, 47 : 50 (tornada),
32 : 56 (tornada); rims equivocx (I. 188) zeigen Vers
7 : 8.

Die Strophen sind, wie im vorigen Gedicht, coblas
unisonans, in Bezug auf die Reimstellung coblas crotz
encadenadas (I. 242). Die Caesur ist in dem 10syl-
bigen Verse regelmässig behandelt; sie findet sich in
den beiden Hauptgestalten, die dieser Vers in der Lyrik zulässt, als männliche und als weibliche (Vers 54)
hinter der vierten Sylbe; auch werden durch dieselbe
eng zusammen gehörende Satztheile nicht getrennt, wie
es in unserm Gedicht öfters durch den Versschluss ge-
schieht, so z. B. Vers 38, 42, 55. Für den Vers 47
wäre man geneigt, dem Sinn nach, eine epische Caesur nach der sechsten Sylbe anzunehmen: eine Un-
regelmässigkeit, die ja auch in der Lyrik nicht einzeln
dastehen würde. Um auch noch mit den leys von
einer Caesur der achtsylbigen Verse zu sprechen, so
ist zu bemerken, dass sie sich vielfach findet, so z. B.
Vers 2 und 3, und dass gegen die Bestimmung, dass
beim Fehlen der Caesur die dritte Sylbe nicht lang
sein soll, stets das Wort „rey" sündigt.

Stellt man den 10sylbigen Vers durch lateinische
Majuskeln dar und trennt die pedes durch ein Kolon,
so ergiebt sich die metrische Formel:

$$a\ b : a\ b ; C^{\check{}}\ D\ D\ C^{\check{}}$$

III.

Das Gedicht trägt, wie es öfter vorkommt, die
beiden Namen chansoneta und chanso; ersterer sllo

nur leichteren, aus kurzen Versen bestehenden Liedern zukommen, was hier zwar zutreffen würde, doch findet sich diese Benennung auch eben so oft in Gedichten mit längern Versen, so z. B. in einem nur aus zehnsylbigen Zeilen bestehenden Liede von Peire Vidal (ed. Bartsch 42).

Eine Gliederung der Strophe ist nur in frons und cauda möglich, die tornadas entsprechen der letzteren. Die Zusammenstellung von siebensylbigen Versen mit weiblichem und männlichem Reim, wozu hier noch schliessende zehnsylbige treten, ist eine aus Liebesliedern wohlbekannte Form. Die Strophen sind coblas unisonans und coblas crotz caudadas.

Die männlichen Reime gehören theils zu den rims sonans leyals, theils zu den rims consonans leyals wie Vers 8, 15, 24; als eine Art des grammatischen Reims könnte man den in Vers 2 : 18 auffassen: eine Wiederholung derselben, aber verschieden zusammengesetzten, Form eines verb, die auch die leys nicht zu den fehlerhaften motz tornatz rechnen würden (IV. 96).

Unter den weiblichen Reimen finden sich sowohl rims simples leonismes als auch rims perfietz leonismes (I. 162), wie in Vers 21 : 29. Dieselben Reimwörter kommen vor in Vers 7 : 44 (tornada), 19 : 26, 6 : 45 (torn.)

In den zehnsylbigen Versen steht die lyrische Caesur grösstentheils nach der betonten vierten, wie in Vers 7, 8, 15 . . ., nach betonter dritter findet sie sich in Vers 16, 23, 43 und 48.

Die metrische Formel des Gedichts ist:

$$\alpha \; \beta \; \beta \; \alpha \; ; \; \acute{\gamma} \; \acute{\gamma} \; D \; D.$$

IV.

Mag man mit L (d'est vers) die beiden letzten Verse der zweiten tornada speciell auf unser Gedicht

beziehen, oder ihnen nach A (des vers)[1]) einen allge-
meineren, auf das Dichten unsers Troubadours überhaupt sich erstreckenden Sinn geben, unser Gedicht
wird bei seinem ernsten, moralisirenden Tone wohl
nur der Gattung der vers zugetheilt werden können.
Einzutheilen ist die Strophe in zwei pedes zu je
zwei und eine cauda zu vier Zeilen. Die männlichen
Reime sind rims sonans leyals oder rims consonans
leyals wie Vers 1 : 19 oder rims simples leonismes wie
Vers 6 : 21; die weiblichen Reime gehören zu den rims
simples leonismes oder zu den rims perfietz leonismes
wie Vers 15 : 16. Als Arten des grammatischen Reims
können die in Vers 2 : 34, 22 : 46 bezeichnet werden.

Auffallen muss bei unserm Dichter das häufige
Vorkommen derselben Reimwörter, besonders in diesem
Liede, wo er sie, da seine Reime doch wahrlich nicht
zu den „rims cars" gehören, wohl hätte vermeiden können, es finden sich solche in Vers 7 : 44 (tornada),
8 : 43 (torn.), 10 : 36, 12 : 26, 13 : 41 (torn.), 24 : 47
(torn.), 29 : 42 (torn.), überall mit derselben Bedeutung.

Die Strophen sind coblas unisonans und coblas
cadenas caudadas.

Die metrische Formel lässt sich so ausdrücken:
$$\alpha\beta^{\smallsmile} : \alpha\beta^{\smallsmile} \; ; \; ccd^{\smallsmile}d^{\smallsmile}.$$

V.

In dieser Canzone haben wir ein Beispiel der so-
genannten Ablösung der Reime, die die Troubadours
mit grosser Vorliebe und vieler Kunst angewandt haben.

Man kann in Bezug auf den Strophen-Bau all die
verschiedenen Arten der Ablösung füglich in zwei Klas-
sen theilen; entweder nämlich wird der Bau der Strophen dabei geändert oder nicht. In unserm Gedicht

---

[1]) Das sich übrigens auch als d'es vers auffassen liesse.

findet der erste Fall Statt. Die zweite Strophe ist die Umkehr der ersten, die dritte der zweiten, wird mithin der ersten gleich u. s. w., so dass die erste, dritte und fünfte Strophe für sich und die zweite und die vierte Strophe für sich gleichen Bau haben. Die Reimordnung lässt sich so darstellen:

I. αββαα˘γγδδ
II. δδγγα˘αββα
III. αββαα˘γγδδ u. s. w.

Sollte der Bau der Strophe nicht geändert werden, so hätten die Reime auf folgende Weise rückwärts gelesen werden müssen:

I. αββαα˘γγδδ
II. δγγδα˘ααββ,

wobei eine völlige Gleichheit erst mit der fünften Strophe eingetreten wäre. Die leys d'amors nennen (I. 176) diese Art Strophen coblas retrogradans per acordansa, die Reime derselben rims retrogradatz per acordansa (I. 256).

Die tornadas in diesen Liedern können die Schlussreime der letzten Strophe entweder, wie gewöhnlich, in derselben oder in umgekehrter Ordnung bringen (I. 340). Unser Gedicht zeigt eine Abweichung von der Regel; die erste tornada nämlich entspricht dem Schluss der vorletzten und die zweite tornada dem der letzten Strophe; sie repräsentiren, wenn man es so auffassen kann, den Schluss der beiden Strophen, die, nach dem in dem Gedicht befolgten System der Ablösung, auf die fünfte gefolgt wären; ihre metrische Formel würde sein:

I. torn.: α˘αββα
II. torn.: α˘γγδδ.

Noch eine andre Eigenthümlichkeit ist in unserm Gedicht zu bemerken. Der Reim auf elha, der sich in allen Strophen an derselben Stelle findet, wird, streng betrachtet, in seiner eignen nicht gebunden, ist also ein Beispiel der von den Provenzalen oft ange-

wandten Körner;[1]) zu gleicher Zeit bildet er aber in
jeder Strophe mit einem andern Reim, der für sich in
seiner Strophe gebunden ist, einen grammatischen
Reim, zu welchen wir wohl auch den in der fünften
Strophe (castelh: Castelha) rechnen dürfen.

Etwas ähnliches findet sich bei Peire Vidal (No.
16), wo die Körner an die Reimwörter der Strophe
anklingen, und dadurch auch einmal ein grammatischer
Reim hervorgeht (malanans: malanansa); was also dort
durch Zufall entstanden, sehen wir hier mit Absicht
durchgeführt.

Die männlichen Reime sind rims sonans leyals
oder consonans leyals wie Vers 12 : 24 oder rims simples leonismes wie Vers 21 : 34 : 35. Der grammatische
Reim ist auf verschiedene Weise gebildet, so durch
das Maskulinum und Femininum eines Adjectivs in
Vers 22 ; 23, 32 : 33, 46 ; 47; diese Art bezeichnen
die leys (I. 180), wie man nur aus dem Beispiel
schliessen kann, da die Erklärung eine unglückliche
ist, mit rims retrogradatz per bordos. Ferner ist er
entstanden durch ein Substantiv und ein Verb : Vers
14 : 15, durch ein Adjectiv und ein Verb : Vers 4 : 5,
durch ein Substantiv und ein nomen proprium : Vers
40 : 41, eins, selbstverständlich, stets aus dem andern
abgeleitet. Für diese letzten Fälle bieten die leys den
umfassenden Namen rims derivatius (I. 186), die dann
wieder, nach nicht immer recht sichtbaren Unterschie-
den, näher bezeichnet werden.

Dieselben Reimwörter finden sich Vers 26 : 44,

---

[1]) Bartsch hat diesen Ausdruck aus der deutschen Lyrik in
die provenzalische eingeführt. Die leys geben für die einzeln angewandten Körner keine Bezeichnung, nur für solche, die eine ganze
Strophe bilden (rimas dissolutas I. 164); die rims espars (I. 176)
decken sich nicht mit dem Begriff „Körner", da bei denselben keine
Rücksicht darauf genommen wird, dass der in der eignen Strophe
ungebundne Reim in einer andern seinen Gefährten findet. Dante
nennt einen in der eignen Strophe nicht gebundenen Vers clavis.

4*

18 : 47 (tornada), 36 : 50 (torn.), stets mit derselben
Bedeutung.

Für den Vers 13 wäre noch an den im provenzalischen oft, hier natürlich unabsichtlich, angewandten
Inreim (Mittelreim) zu erinnern; die leys nennen solche
Reime rims multiplicatius oder enpeudatz (I. 172) und
die entsprechenden Verse bordos enpeudatz (I. 124).

VI.

In dieser Canzone hat der Dichter eine recht künst-
liche Reimbildung entfaltet. Wenn die so reiche Anwendung der seltenen Reime auf il ila an sich schon
schwer erscheinen muss, so hat sich der Dichter hier
noch eine grössere Schwierigkeit auferlegt, indem er
stets je zwei Wörter gleichen Stammes durch diese
beiden Endungen zu binden, also durchweg grammatische Reime zu bilden trachtete, wobei freilich nicht
zu übersehen, dass ihm dadurch das Suchen nach einer
grösseren Anzahl so endender Wörter erspart wurde.
Jedoch gelang ihm das Auffinden reiner grammatischer
Reime nicht überall; er musste, um dieselben Endungen
durch alle Strophen durchführen zu können und nicht
Wörter gleichen Stammes zu wiederholen, noch zu einer
andern Künstelei seine Zuflucht nehmen.

Die Reime il ila sind nämlich nicht nur durch die
verschiedene Abwandlung desselben Wortes entstanden
wie Vers 1 : 2, oder durch die Ableitung eines Wortes
aus dem andern wie Vers 3 : 4, sondern sie sind auch
gebildet theils durch die Anlehnung des Artikels an
das ihm vorhergehende Wort wie Vers 13 : 35, theils
durch die Zusammenstellung entweder von zwei selbst-
ständigen Wörtern wie Vers 6, oder von einem Wort
mit dem Artikel wie Vers 30, oder von einem Wort
und einer Sylbe wie Vers 11, oder endlich von einem
Wort, dem Artikel und einer Sylbe wie Vers 14.

Ueberall jedoch, mögen die Reime il ila einen

Theil eines einzigen Wortes ausmachen oder erst durch
Zusammenstellung mehrerer Wörter oder deren Theile
entstehen, überall finden sich in je zwei auf il ila rei-
menden Versen am Schluss Wörter desselben Stammes,
die, wenn sie auch nicht immer den ganzen Reim,
doch stets einen Theil desselben enthalten und so je
zwei Verse zusammenketten.

Die leys bieten nicht für alle diese künstlichen
Bildungen der Reime die entsprechenden Bezeichnungen;
sie kennen das Zerschneiden eines Wortes durch das
Versende und nennen die dadurch entstehenden Reime
rims trencatz (l. 53 und 196); gehört der Reim nicht
einem einzigen Wort, sondern-geht er erst durch Zusammenstellung von Wörtern hervor, so nennen sie ihn
stets rim contrafag; so würden die Verse 3, 5, 17 . .
Beispiele eines rim simple contrafag zeigen.

Die Caesur findet sich in unserm Gedicht hinter
der vierten Sylbe theils als männliche wie in Vers 1,
2, 3 . . ., theils als weibliche wie in Vers 19, 22,[1]) 26,
27, 32 und 40.

Eine Eintheilung der Strophen in zwei pedes und
zwei versus zu je zwei Zeilen scheint sowohl durch die
vorhandenen Sinnpausen, als auch durch die Anordnung der Reime wie durch die sonderbare Zusammen-
kettung je zweier Verse, wodurch dieselben als ein zu-
sammengehörendes Ganzes gefühlt wurden, vollständig
gerechtfertigt.

Dieselben Reimwörter mit derselben Bedeutung finden sich Vers 4: 15, 12: 33 (tornada).

Noch ist zu bemerken, dass sich das Gedicht in
der zweiten tornada „cansos" nennt, eine Bezeichnung,
die ihm bei seinen langzeiligen kunstvollen Strophen
auch allein gerecht werden kann, und doch eine Stro-
phenzahl zeigt, die wir bei den Canzonen zu finden

---

[1]) Für diesen Vers dürfte man vielleicht auch eine unregel-
mässige Censur nach betonter fünfter Sylbe annehmen.

nicht gewöhnt sind. Wir werden also wohl annehmen
müssen, dass uns das Gedicht in A unvollständig über-
liefert ist, denn Raynouard citirt (Lexique rom. III. 327)
zwei Verse, die in dem Text, wie er uns vorliegt, nicht
enthalten sind. Nimmt man bei der Darstellung der metrischen
Formel auf die grammatischen Reime keine Rücksicht,
so erhält sie folgende Gestalt:

$$\text{A\v{}A: A\v{}A; AA\v{}: AA\v{}.}$$

Um aber zu gleicher Zeit zu zeigen, wie oft dem
Dichter der ächte grammatische Reim gelungen, könnte
man, wenn man denselben durch **A** bezeichnet, folgende
Formeln für die einzelnen Strophen herstellen:

I. **A˜A : A˜A ; AA˜ : AA˜.**
II. **: A˜A ; AA˜ : AA˜.**
III. **A˜ A: A˜A ; AA˜ : AA˜.**
IV. **A˜A : A˜A(?); AA˜ : AA˜.**
I. tornada **AA˜ : AA˜.**
II. „ **AA˜ : AA˜.** [1])

VII.

Dieses Gedicht bietet wenig Bemerkenswerthes.
Die Strophen sind in Bezug auf die Gleichheit der Reime
coblas unisonans, in Betreff ihrer Anordnung coblas crotz
encadenadas. Eine Eintheilung ist nur in frons und
cauda zu je vier Versen möglich, und entsprechen die
tornadas dem Bau der cauda, nur dass die erste um
eine Zeile kürzer ist als die zweite; eine Ungleichheit,
die zwar an sich nicht auffallen kann, obgleich dann
gewöhnlich die zweite tornada kürzer als die erste ist,
hier aber nur durch das Fehlen eines Verses, den auch
der Sinn zu verlangen scheint, erklärt werden kann.
Die weiblichen Reime sind rims simples leonirmes,
die männlichen rims sonans leyals oder consonans le-

---

[1]) Ein in Bezug auf die Reimbildung ähnliches Gedicht findet
sich Mahn Ged. I. Nr. 197.

yals wie Vers 3: 10 oder rims simples leonismes wie
Vers 25: 33: 35.

Dieselben Reimwörter, soweit wir es bei der unvoll-
ständigen Erhaltung des Gedichtes übersehen können,
finden sich in Vers 30: 43; denn trotzdem noyris in
der einen Zeile die zweite Pers. Plur. perf., in der
andern die dritte Pers. Sing. Präs. ist, müssen wir
sie nach den leys (I. 194) als motz tornatz en rim
bezeichnen. Vers 15: 43 (tornado) zeigt rims equivoex
(leyals), da fis in Zeile 42 als Adjectivum auftritt und
in Zeile 15 wohl nur als Substantivum zu betrachten
sein wird.

Die Caesur der zehnsylbigen Verse ist überall
männlich nach der vierten Sylbe, mit Ausnahme von
Vers 38, wo sie weiblich erscheint.

Der Refrain, den geistlichen Liedern recht eigen
(vergl. Wolf Lais 18 ff. 27 ff.), schliesst gleichsam den
ganzen Inhalt des Liedes in sich.

Als metrische Formel ergiebt sich:

abba ; C‟DDC‟.

Romans.

Der romans zeigt, wie all die längern unstrophischen
Gedichte eine einfache Vers- und Reimbildung; zu bemerken ist nur, dass die Reime nicht gepaart, was
gewöhnlich in dieser Dichtungsart der Fall ist, sondern
gekreuzt erscheinen.

Druck von W. Hecht in Berlin, Schöneberger Ufer 36c.